RODOLPHE DARZENS

LA NUIT

PREMIÈRES POÉSIES

1882-1884

PARIS

C. LEBAS, ÉDITEUR

52, Boulevard Saint-Michel, 52

—

MDCCCLXXXV

ERRATA

Page 20, vers 7, *au lieu de* « pur éternellement » ; *lire* « pour éternellement ».

— 42, — 3, *au lieu de* « à la clarté » ; *lire* « à la lueur ».

— 97, — 8, *au lieu de* « sous l'épais » ; *lire* sur l'épais ».

— 112, — 1, *au lieu de* « mon Amour. » ; *lire* « mon Amour, ».

— 120, — 6, *au lieu de* « Rallume » ; *lire* « Rallument ».

— 124, — 2, *au lieu de* « sélève » ; *lire* « s'élève ».

— 139, — 8, *au lieu de* « à l'horizon » ; *lire* « de l'horizon ».

à J. Vidal

bien cordialement

LA NUIT

Rodolphe Darzens

Tirage à 300 exemplaires
sur papier Vergé

N° 244.

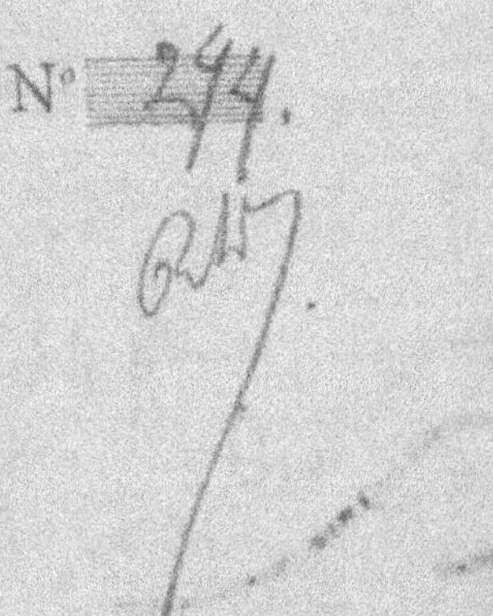

RODOLPHE DARZENS

LA NUIT

PREMIÈRES POÉSIES

1882-1884

PARIS

HENRI JOUVE EDITEUR

52, Boulevard Saint-Michel, 52

—

MDCCCLXXXV

A

CATULLE MENDÈS

AU POÈTE

DU SOLEIL DE MINUIT

ET D'HESPERUS

EN TÉMOIGNAGE D'ADMIRATION ET DE RESPECT

CE LIVRE EST HUMBLEMENT DÉDIÉ

R. D.

Crépuscules

DISTIQUES

A mon ami Alexander Tausserat

La Tristesse est un parc immense, où chaque soir,
Mélancoliquement, nos Ames vont s'asseoir ;

L'herbe sèche jaunie au milieu des allées
Où le vent a fait choir des feuilles désolées;

Le jet d'eau d'un bassin à la fin s'est lassé,
De monter, solitaire et glauque, en l'air glacé ;

Et les arbres muets, chênes, sapins, érables
Se perdent dans la nuit des cieux impénétrables.

Image du Chagrin, le vieux parc évité,
Enfante le Silence et la Viduité ;

Seules, dans son désert, nos Ames radieuses
Passent sous des fourrés de cyprès ou d'yeuses,

Et légèrement vont, sur les rameaux tombés,
Fantômes lumineux, mystiquement nimbés.

Elles viennent chercher, la seule fleur qui pousse
Dans le parc infécond au milieu de la mousse :

Car dans le calme ennui d'un éther sans rumeur
Éclôt le Souvenir à l'arôme endormeur.

Avril 1884.

LES BAYADÈRES

A Alfred Darzens.

Bienheureux les fous dont l'idée
Prend le solide éclat des corps.

SULLY-PRUDHOMME.

Sous les blanches clartés tombant des lampadaires
Dans le harem, devant leur maître seulement,
Tandis qu'il les regarde en son recueillement,
Sans voiles, chaque soir, dansent les Bayadères.

2

Leurs voix rythment le Chant des Gloires légendaires
Et leurs chairs blondes lui versent l'enivrement
Des nudités, que seul, vêt l'éblouissement
Des bijoux précieux, orgueil des lapidaires.

Ainsi, pâle aux clartés de la lampe, le soir
J'aime à m'enfermer dans ma chambre pour m'asseoir
Immobile pendant des heures attardées ;

Alors, frôlant mon front posé sur les coussins,
Hûris dont seul j'ai vu les hanches et les seins
Valsent, sans voile, en rond, légères, mes Idées.

Novembre 1882.

L'ICONE

A J.-B.

Esto sertis implicata
O femina delicata.

CHAR BAUDELAIRE.

Les moines byzantins, lorqu'ils peignent des Vierges
Rehaussent d'or gemmé l'éclat de la couleur
Qui prend des tons vivants à la lueur des cierges;

Ils entourent d'un nimbe ajouré la pâleur
Du front, et le métal tout constellé de pierres
Est encor buriné par un bon ciseleur.

Puis, de purs diamants, fixés sous les paupières
Sont les yeux que leur font ces artistes zélés
Qui jeûnent tout le jour et couchent dans des bières.

Une dentelle d'or tombe en plis cannelés
Sur le corps, découvrant seulement les mains pâles,
Et des rubis avec des turquoises, mêlés

A des saphirs, à des perles, à des opales,
S'étagent sur le sein en un pesant collier
Dont on voit resplendir de loin les quatre ovales.

Ainsi, pour rehausser ta splendeur, Joaillier
Du rythme et de l'idée, et ciseleur des rimes,
Je t'ai fait, avec mon poëme, un singulier

Ornement, et du goût de ces Moines sublimes !
Afin que, lorsque Ta vision me poursuit
Dans mes recueillements même les plus intimes

Et m'apparaît au seuil pâlissant de la nuit,
Je puisse, en murmurant ton nom, Chère adorée,
M'agenouiller dans l'angle où la veilleuse luit,

Et te prier, ainsi qu'une Sainte dorée.

Octobre 1884.

IMPUISSANCE

A Mlle Juliette Darzens.

En vain, j'ai voulu de l'espace
Trouver la fin et le milieu.

CHARLES BAUDELAIRE.

Ce soir, comme un vaisseau qui navigue sans hune
Et sans mâts, dans le ciel qui s'assombrit, la lune
Sillonne les flots noirs de sa carène d'or,
Et là-bas, l'ouragan, comme un vaste condor

Fuit vers le haut zénith plus profond et plus sombre

C'est, dans cet océan de ténèbres, que sombre
Mon Esprit, lorsqu'il tente, inhabile nageur,
De le traverser seul dans toute sa largeur.
Ah ! du moins, s'il trouvait la mort dans ces flots calmes,
Si, comme au pur miroir d'un lac uni, des palmes,
Il flottait, reflété pur éternellement
Dans ce cristal, que pas un seul frissonnement
Ne ride !

Mais toujours vers cette île, la TERRE,
La vague le ramène ignorant du mystère
Qu'il a voulu ravir au gouffre.

Seul, l'espoir
De succomber enfin dans ce vaste entonnoir,
Océan qui se creuse et s'enroule en volute,
Le ranime, et le jette encore dans la lutte,
Tandis qu'au ciel où Dieu sème une floraison
D'astres — la lune d'or navigue à l'horizon.

Novembre 1884.

LE SOMMEIL DES CHOSES

A Mlle Juliett Darzens.

Fausse silencieuse ! O Nature ! O vivante

LÉON DIERX.

Le ciel, éblouissant d'escarboucles et d'ors
S'éteint ; et dans la tiède et vespérale haleine,
Les ombres de la nuit s'élèvent sur la plaine
Majestueusement, comme un vol de condors.

C'est le moment, ô Terre, où lasse, tu t'endors;
Pourtant, l'obscurité de ton sommeil, est pleine
De bruits, sourds battements d'aile d'une phalène,
Echos lointains, pareils à ceux des corridors.

Ainsi survient de lourde obscurité suivie
Quand resplendit encor le soleil de la vie
La Mort, semblable à quelque oiseau sombre du soir.

Ame, tu peux dormir alors; pourtant la tombe
Après qu'on l'a bénie avec des encensoirs
S'emplit de longs sanglots dès que la pierre tombe.

Janvier 1884.

AUTOMNE TRISTE

Une fois, dans les bois roux et jaunes, encore,
Dans les bois, qu'un dernier soleil d'été décore,
Viens-tu nous perdre ainsi que de lents amoureux ?
Encore une fois ! viens ! voici le chemin creux

Qu'un matin de printemps nous avons pris ensemble,
Un matin d'avril doux et tiède, ce me semble!
Et vois, maintenant c'est l'automne, et c'est le soir.
Viens, une fois encor, dans la mousse t'asseoir,
Tandis que dans le ciel d'un bleu pâle, les branches
S'immobilisent; l'air où flottent, presque blanches,
De légères vapeurs reste silencieux;
Et tout se tait, les bois, les hauteurs et les cieux :
Tout se tait et s'apaise, et s'endort, à l'approche
De la nuit, dont le voile à l'orient s'accroche;
Les arômes aussi, se sont, chants parfumés
Volatilisés dans les calices fermés;
Et, comme sur la mer et sous le clair de lune,
Des mouettes s'en vont nageant l'une après l'une,
Sur notre âme calmée enfin, nos rêves blancs
Voguent, voguent au loin, sur une file... lents.

Septembre 1884.

LE VERRE

A Mlle Marguerite Boissonade.

Le verre en pur cristal, lumineusement clair
Où la pourpre liqueur ne s'est pas répandue
Tel qu'un rayon, le soir à travers l'étendue
En un flot transparent, rose pâle dans l'air,

C'est l'image d'un cœur virginalement vide
Ou n'a pas ruisselé, tout immatériel,
Tiède, comme le flux du sang artériel,
L'amour, nectar de l'âme, impalpable fluide.

Car, le vin lentement, goutte à goutte versé,
Ecarlatine chute et gamme musicale,
Où la sonorité des parois intercale
Un trille, frémissant écho, dans l'air froissé,

N'est-il pas, le symbole antique du dictame,
Liqueur dont le flacon de saphir est le ciel
Epandu, perle à perle, amour essentiel
Dans un cœur, et que nul désir encor, n'entame?

Plus tard, lorsqu'une lèvre altérée a baisé
Ses bords vibrants, le verre auquel l'humide atteinte
Sur le côté penché jette une rose teinte,
Paraît, dans un rayon, l'emblème éternisé

D'une âme qui ressent la volupté première
D'être aspirée et bue à longs traits par celui
Qui seul l'a déflorée, et pour laquelle a lui
L'horizon des désirs éclatants de lumière.

Puis quand le verre, vide à nouveau de liqueur
Creuse uniformément sa cavité salie
Par la trace vineuse et terne de la lie,
Et que rien dans ses flancs n'éveille un dernier chœur,

Il semble, vide à tout jamais d'amour, une âme
Muette, et dont nul bruit, nul son, grave ou rieur
Ne fera plus vibrer le centre intérieur
Et qui vivrait pourtant au fond d'un corps de femme,

Quand il n'est plus enfin que des morceaux brisés
Du verre en pur cristal, dont chaque molécule
Aux feux éblouissants d'un dernier crépuscule
Revêt magiquement des reflets irisés,

Il devient, à mes yeux, un immortel symbole
Du cœur, coupe fragile et vase précieux
Qui fait pour contenir l'amour, pur vin des cieux,
Un jour se brise au gré d'un caprice frivole.

Décembre 1883

LE MONSTRE

O toi que j'eusse aimée ! O toi qui le savais
CHARLES BAUDELAIRE.

O chère, cet insecte ailé chercheur d'amour,
Insouciant, qui va se poser tour à tour
Des lèvres d'une vierge aux lèvres de ces femmes
Impures, les Vénus viles des lieux infâmes,

Gracile libellule au vol capricieux
Et dont les ailes d'or palpitent sous les cieux,
Mon âme de Poète Amant, chose légère,
Un soir s'est prise, dans sa course passagère,
A ces lumineux fils d'or, tes cheveux soyeux
Qui, sur ton cou valsaient en des frisons joyeux
Sous le souffle odorant des brises, danse folle.

Méchante alors, sans dire une seule parole
Tu souris, et suças mon âme — lentement
Afin que mon amour égalât mon tourment
Afin que mon mal fût le plus doux et le pire
Comme avec des suçoirs horribles de vampire.

Enfin, il n'en resta que de légers débris,
Que tu laissas, avec un insolent mépris,
Ainsi qu'on voit danser, charogne dédaignée,
La libellule, aux fils ténus de l'araignée ;
Et c'est pourquoi, dès lors, je te suis où tu veux
Mon âme étant pendue à l'or de tes cheveux.

Avril 1884.

ORAISON

O ma blonde inconnue, au fond de tes yeux noirs
Qui semblaient refléter sans cesse un ciel nocturne,
J'ai versé le parfum de mon âme, cette urne,
Et tout s'est englouti comme en des entonnoirs;

J'ai perdu, dans le creux charmant de ton oreille
Ma muette inconnue, en t'implorant, ma voix :
En elle, la fleur garde un insecte parfois,
Et ton oreille était à la rose pareille;

Sur tes lèvres, un vol est venu se poser
Un impalpable vol de baisers; mais tes lèvres,
O ma froide inconnue ont brûlé de leurs fièvres
Ces oiseaux : désormais je n'ai plus de baiser;

J'ai dans l'ombre et dans l'or clair de ta chevelure
Obscure et lumineuse ainsi qu'une forêt,
Egaré ma raison folle qui t'adorait,
O ma calme inconnue à l'impassible allure;

Sans âme, sans raison, sans baiser, je me tais :
N'ayant plus rien gardé, tu le vois, de moi-même ;
Si tu ne me dis pas ce soir : « Ami, je t'aime »
Demain, quel être se souviendra qui j'étais ?

Octobre 1884.

MÉTAL SONORE

A J.-B.

Lorsqu'après une longue attente, il a la preuve
Que tout le bronze est bien liquide, le fondeur
Laisse enfin dans l'étroite et sombre profondeur
Du moule s'épancher le cuivre, comme un fleuve.

Bientôt, au clair soleil, paraît la cloche neuve
Hors du moule brisé, déployant la rondeur
De ses flancs de métal où dort le son grondeur,
En attendant que dans sa cage elle se meuve.

Vois ! pareil au métal fondu, — chaude liqueur, —
Ton souvenir ce soir coule au fond de mon cœur,
Moule étroit qui se brise et d'où, clair et sonore,

Ce poème est sorti proclamant ta Beauté,
Afin que désormais personne ne l'ignore,
Comme une cloche, qu'on entend de tout côté.

Oct bre 1884.

ANCIEN AMOUR

Au poète Jean Ajalbert.

Je te voudrais sans tache et je te sais infâme.
CATULLE MENDÈS.

A l'heure où la tombée opaline du jour
Dans l'ombre bruissante au fond du carrefour
Se constelle des points lumineux des lanternes,
Les yeux pleins du reflet de ses dégoûts internes,

4.

Je l'ai vue, oh combien de fois ! longeant les murs,
Lèvres rouges, — des fruits gâtés sans être mûrs —
Si pâle, urne d'albâtre à la clarté d'un cierge,
Et si jeune — quel âge a ce spectre de vierge,
Seule au monde tu peux le savoir, ma Raison ! —
Jusqu'à ce qu'au matin naissent à l'horizon
Des clartés, qui dans l'air montent comme des palmes,
Et qu'alors, désireuse enfin de sommeils calmes
Dormis sans rêves, sur un lit non partagé,
Elle ranime encor l'espoir découragé
Chaque soir d'un repos longuement solitaire.

Et ce repos sera la Mort, ce lit, la Terre.

Septembre 1884.

TERZA RIMA

Au poète Ephraïm Mikhaël.

Mon Ame est vide, et nul désir, papillon frêle,
Aucun amour, doux rossignol des soirs d'étés,
N'y fait vibrer magiquement l'air de son aile.

C'est un jardin dont les bosquets sont dévastés,
Qu'un ouragan a ravagé pendant des heures ;
Et maintenant, adieu les nids tout duvetés,

Dont les oiseaux, les doux oiseaux, font leurs demeures ;
Adieu les fleurs, nids parfumés des papillons :
Mon âme est vide, et seul au fond, tout seul tu pleures

O Souvenir, hibou plaintif que nous fuyons.

Septembre 1884.

MÉLANCOLIE DU SOIR

> Les sons et les parfums tournent dans l'air du soir,
> Valse mélancolique, et langoureux vertige!
>
> CHARLES BAUDELAIRE.

I

Mon âme entière vibre en moi : je suis l'église
Où son métal plaintif tinte quand vient le soir ;
Et mon cœur, au sursaut rhythmique, est l'encensoir
Où ma douleur se fond et se volatilise,

Mon âme tinte : et, comme un morne repoussoir,
Le silence au loin tend ses tentures pesantes ;
Elle tinte l'appel lent des heures absentes
Vers l'espoir qui reluit comme un large ostensoir.

Seul le regret, poussant les portes gémissantes
De l'esprit, vient ainsi qu'un prêtre au son du glas
Qui, lugubrement pleure, à chaque heure plus las,
Dans l'épaississement des ténèbres récentes ;

Car l'horizon s'éclaire encor d'un jour lilas,
Et de vagues clartés s'accrochent aux collines
Pareilles aux tissus des pâles mousselines
Dont virginalement, jadis, tu te voilas.

II

Heures absentes, oh! nonnes aux mains câlines,
Toutes agenouillez-vous au pied de l'autel
Où gémit sur la croix ce Jésus immortel,
Mon cher Amour, ô toi qui vers l'horreur t'inclines.

Heures absentes! votre oubli du culte est tel
Que ma vie — o le cierge humble qui symbolise
L'éternité — s'éteint, et qu'il s'idéalise
Et s'efface, ce Christ, comme un vague pastel.

Août 1884.

MNHMEION

A J.-B.

Ils sont dans la clairière où pousse le mélèze,
Les blancs men-hirs, debout ainsi que des beffrois,
Toujours inspirateurs des nocturnes effrois
Au breton qui se signe et se sent mal à l'aise ;

Eux qu'ont taillés, afin qu'à Dieu leur travail plaise, —
Longtemps avant l'époque où, sous leurs heaumes froids,
Les preux chevauchaient sur de puissants palefrois, —
Les Druides, aux flancs abrupts d'une falaise.

Ces prêtres d'un passé lointain, moi je les ai
Imités, ouvrier d'un travail malaisé,
Prêtre de ce présent trop court, poète blême ;

Bonne maîtresse, et j'ai dressé dans l'avenir,
Monument d'un mystique amour, bizarre emblème,
Ta mémoire, pareille au colossal men-hir !

Octobre 1882.

OCÉANS HARMONIQUES

A mon ami Désiré Lemerre.

Seul, et surtout les soirs d'étés, j'ai des peurs vagues
Lorsque de loin, les sons des cloches, sourds sanglots,
S'avancent dans les airs, comme sur des îlots
Déferle, avec son rauque ululement de vagues,

La mer qui se soulève immense à l'horizon;
Et que lourds, à travers les vacuités mornes,
Ils viennent, océans sonores et sans bornes,
Heurter en mugissant les rocs de ma Raison.

Le flot égal et cadencé des sonneries
Rhythme l'angoisse au fond de l'ombre où vit mon cœur,
Qui suit les battements mélodiques du chœur
Des cloches s'ébranlant dans leurs maçonneries.

Montant, montant toujours, l'océan musical
Gronde, en envahissant lentement tout mon être;
Son inondation me noie et me pénètre,
Me couvrant de son large et puissant flot vocal.

Dans mon crâne où l'Idée a créé tout un monde
Quand passe enfin, ayant pour écume l'oubli,
La symphonique mer sur un temple établi,
Chaque pierre s'en va sous le choc de chaque onde ;

Et le flux qui grandit, emporte tour à tour
Le Palais où vivait le souvenir de Celle
Que j'aimais, — mon orgueil, sous un toit qui chancelle,
Et l'espoir, lumineux fanal, sur une tour.

La vague a renversé l'esprit et le nivelle :
Amour, orgueil, espoir, souvenirs et remords
Croulent ! Je sens pourris tous mes sentiments morts,
Ensevelis sous les débris de ma cervelle.

Alors passent, roulant avec de grands frissons
Pareils aux rides d'eaux d'un océan tranquille
Dont les flots vont couvrir les rives de quelqu'île,
Sur mon front, désormais vide et glacé, les sons !

Juin 1883.

LITANIE CRÉPUSCULAIRE

A J.-B.

Toi que mon amour lumineux décore,
Mignonne aux deux seins plus mignons encore,
Chère blonde, toi, dont j'ai baisé tant
Les yeux où flottait comme un deuil constant,

La toujours présente et l'inoubliée,
Qui sur la tenture ample et dépliée
Des nuits, m'apparaît toute blanche, toi
Qui, tel le remords ou le vague effroi,
Implacablement me hante, — ô cinname,
Cher et pénétrant parfum dont mon âme,
— Ainsi qu'un flacon du plus pur cristal
Qu'hermétiquement l'étui de métal
Enferme, — demeure à jamais imprégnée,
Pâle obsession! Fantôme! Araignée
Dont la toile est l'âpre et cruel souci
Où je me débats vainement, ainsi
Qu'une libellule entravée aux ailes,
Voici que ce soir des tiédeurs nouvelles
O ma douce amie, ont mis la langueur
De l'ancienne étreinte, au fond de mon cœur ;

Voici que ce soir mon âme est calmée,
Et que la tristesse erre parfumée
Sur ce lac uni, comme une vapeur
D'opale.

Peut-être est-ce un soir trompeur
Dont l'horizon cache encore un orage :
Qu'importe? Du moins, je reprends courage
Dans l'assoupissant et triste repos
Dont, seul, l'inquiet calme des tombeaux
Peut donner à mon cœur que tu déranges
Les sensations chèrement étranges.

Novembre 1884.

L'INCOMPARABLE

Tes splendeurs seules, sont, Maîtresse, incomparables,
Et pour dire en mes vers dociles ta Beauté
J'ai vainement cherché des mots, de tout côté,
Qui pussent exprimer tes formes adorables.

Car « *le vermeil éclat de la fleur des érables* »
N'est pas ta lèvre, où rit ta rouge cruauté;
Et « *neige*, *marbre*, *lis* » candides, Royauté
Triple de la blancheur, paraissent misérables

Auprès du flamboiement mystique de tes seins!
Qu'est-ce « *la nuit*, » auprès de tes cheveux malsains
Où, dans les replis lourds, rôde un arôme louche?

Tes cheveux sont obscurs plus que le firmament;
Ta bouche est rouge comme est seulement ta bouche,
Et tes seins sont pareils à tes seins seulement.

Janvier 1884.

NAVIGATION FUTURE

L'Horreur sera le lac sinistre où, lorsqu'au ciel,
Comme un voile tendu viendra la nuit funèbre,
Mes désirs poursuivront l'Amour Artificiel.

A la brusque clarté d'un rouge éclair qui zèbre
La nue, ils vogueront ayant pour blanc vaisseau
Mon crâne, détaché, d'un choc, de sa vertèbre.

Et l'humide milieu, tournant comme un cerceau
Toujours, limitera dans sa circonférence
La course de la nef, également berceau

Où vagit la toujours renaissante espérance.
Et c'est pourquoi, suivant dans le même sillon
L'insaisissable Amour, qui n'est qu'une apparence

Que semble devant eux créer le tourbillon,
Mes désirs tourneront sans trêve dans ce cercle
Tandis que sonnera, lugubre carillon,

Sur l'os du crâne, l'eau, comme sur un couvercle.

Février 1883.

Minuits

RESSOUVENIRS

À Mlle Juliette Darzens.

Mystiquement, sous les arceaux des cathédrales,
Dans les plaintes du vent qui nuit,
Avec des froissements veloutés et des râles,
Quand sonne lent le froid minuit,

Glissent les vols obscurs, tièdes, des souris chauves.
Noctivagues et noirs esprits
Que la lune caresse avec des lueurs mauves,
Consolatrice des proscrits ;

Et qu'aime, les nommant les Douces, les Charmantes,
Le poète, lorsqu'elles vont,
Déployant larges leurs ailes comme des mantes,
Se perdre au loin dans l'air profond.

Cognant légèrement d'une aile qui bouscule
Les voûtes de mon crâne rond,
Ils tourbillonnent tels, quand vient le crépuscule,
Les Ressouvenirs dans mon front.

Janvier 1883.

LA DESCENTE

Au poète Ephraïm Mikhaël.

Dans cette insondable et vertigineuse
Profondeur, qu'on nomme un cœur féminin,
Abîme géant où j'étais un nain,
Rempli de l'effroi de l'ombre haineuse,

Je suis descendu, pareil au mineur,
Ayant mon amour lumineux pour lampe,
Par cet escalier qui n'a pas de rampe :
L'Esprit de la femme, ange suborneur.

Entre des parois humides et lisses,
Je suis descendu sans trouver le fond,
Et sentant sur moi comme un lourd plafond,
Sa Haine qui rêve à d'affreux supplices ;

Sa Haine, qui veille et qui brusquement
Pousse vers le vide et l'y précipite
Celui dont la vue a sondé trop vite
Ce gouffre, où j'ai su plonger un moment.

En vain! car je n'ai rien trouvé, pas même
— Si loin qu'attentif je sois descendu, —
Un cadavre à quelqu'angle suspendu,
Ni perçu l'écho d'un dernier blasphème.

Mais, d'en bas, s'élève une odeur de morts,
Qui, si dans l'obscur secret de l'abime
L'effroyable chute a caché le crime,
Le révèle à tous : et c'est le REMORDS.

Juillet 1884.

MUSIQUE

. . . .
Musicienne du silence.

STÉPHANE MALLARMÉ.

Ta chair, qui semble inerte et muette, ta chair
Est un mélodieux instrument qui m'est cher ;

Car seul, j'ai su tirer de toi, lent guitariste,
Plein de pleurs d'harmonie un hymne doux et triste ;

Ton sein, que soulevaient tous les spasmes fiévreux,
A soupiré l'amour plaintif et douloureux ;

J'ai fait chanter en toi ma volupté, savante
Aux variations que mon désir invente ;

Et j'ai fait parcourir, à ton âme, à ton corps,
Toute la gamme des mystérieux accords :

Ta chair, qui semble inerte et muette, ta chair
Est un mélodieux instrument, qui m'est cher.

Mai 1884.

LE PALAIS

A J.-B.

I

Maîtresse, mon Esprit est un vaste chantier
Où j'ai mis toutes mes sensations subtiles,
Matériaux nombreux qui me seront utiles
Pour t'élever un jour un Palais tout entier :

Mes Désespoirs seront les larges blocs de pierre
Dont je ferai la voûte et les soubassements,
Afin que sous tes pieds mignons, à tous moments,
Le sol fléchisse comme un couvercle de bière ;

De toutes mes Douleurs je bâtirai le mur,
En les plaçant ainsi qu'on fait avec des briques ;
Puis, je veux faire, avec mes Passions lubriques,
Pour préserver ton front, un toit solide, et sûr.

Mes Désirs transparents, vitraux multicolores,
S'ouvriront sur un large et limpide horizon,
Et mes Espoirs polis, dans leur inclinaison,
Réfléchiront partout la splendeur de ses flores.

Aux murs, j'accrocherai mes Souvenirs disjoints,
Vieux tableaux vermoulus, mais précieux et rares,
Ou, comme des Paros brisés et des Carrares,
Je les placerai sur des socles, dans les coins ;

Le soir, j'allumerai mes tremblantes Idées,
Cierges pâles, et qui répandent des parfums ;
Devant toi, je tendrai tous mes amours défunts,
Tentures par le vent des nuits froides ridées.

Et tu reposeras ton corps sur des divans
Moelleux, et qui seront mes voluptés nouvelles,
Tandis que flotteront ainsi que des dentelles
Autour de toi, légers, mes rêves décevants.

II

Ainsi, dans mon orgueil, je prodiguerai toutes
Les richesses qu'au fond de mon esprit obscur
J'amasse, et je teindrai, de mon sang le plus pur,
En pourpre, la muraille, et le sol, et les voûtes ;

Pour qu'il n'existe aucun palais, plus précieux
Que celui dont sera l'hôtesse ta Mémoire,
— Reine, à qui je veux faire un vêtement de moire
Avec mon âme, et des diamants de mes yeux;

Que ce palais, tiré tout entier de mon être,
Fait avec des lambeaux transformés de ma chair,
Ce palais, monument qui me sera plus cher
Qu'un fils, conçu par moi, qui de toi pourrait naître.

Impérissables plus qu'un coffre de métal,
Ta gloire et ta beauté, dans cette ample demeure,
Vivront vers l'avenir sans qu'aucune ne meure,
Malgré le temps, vieillard despotique et brutal.

Alors, je serai fier ; et je pourrai sans crainte
Comme en mon lit, un soir, me coucher au cercueil
Et faire, moi l'amant, un impassible accueil
A l'amante dont tu n'envieras pas l'étreinte, —

Sûr que tes seins, ton front, tes regards, tes cheveux,
Splendeurs dont vainement j'ai recherché les causes,
Au mépris même des viles métempsycoses,
Resteront immortels ainsi que je le veux !

III

Cette demeure, CHÈRE AIMÉE, est un poème
Que je voudrais sans cesse, architecte lassé,
Achever avec tous les débris du passé,
Monument radieux, dans un effort suprême.

Mais le temps, toujours lui, toujours, le temps s'enfuit
Et glisse entre mes mains ainsi qu'une couleuvre,
Et pour t'édifier, Maîtresse, ce chef-d'œuvre,
Trouverai-je une année, un mois, même une nuit ?

Septembre 1882.

VIEILLES VOLUPTÉS

Au poète Jean Ajalbert.

Au fond de l'alcôve, o les Adorées,
Les corps dévoilés, blancs sur les blancheurs
Des draps ! les amours chauds dans les fraîcheurs,
Et l'obscurité des nuits odorées !

— Splendeurs des seins blonds, des hanches dorées
Frémissantes sous mes doigts débaucheurs,
Coins où bruissaient des baisers nicheurs,
Avec un frisson d'ailes éplorées!

Dès le cher retour des lascifs étés
Vous revoici donc, vieilles voluptés,
Apparitions toujours reconnues,

Vous revoici donc, au seuil de mes nuits,
Adorables chœurs des amantes nues!
— O les regrets lourds et les longs ennuis!

Juin 1884.

VISIONS NOCTURNES

Au poète René Ghil.

Réfléchissons...
ou si les femmes dont tu gloses
Figurent un souhait de tes sens fabuleux.

STÉPHANE MALLARMÉ.

Dans mes fébriles nuits des rêves érotiques
Hantent magiquement les coins de mon cerveau,
Se déroulant, ainsi qu'un immense écheveau
Hors d'un coffret sculpté fait de bois exotiques;

Fantômes des amours passés, enchaînement
Lascifs de nudités blanches et dévoilées,
Dans l'incessant recul des plaines étoilées
Spectres, que je poursuis des regards, vainement ;

Qui, sur le fond obscur et terne des nuits denses,
— Semblables à de noirs suaires dépliés —
Réapparitions de temps inoubliés
Se détachent en blanc et rhythment leurs cadences.

Vieux souvenirs toujours présents, vous m'êtes chers,
Instigateurs mauvais des longues insomnies,
Malgré tout, ô démons ! j'aime les calomnies
Obsédantes toujours de vos menteuses chairs,

Et l'âpre volupté des brûlantes angoisses
Que verse dans mes nerfs l'inassouvissement
Des vouloirs effrénés, fait battre, atrocement,
Mon cœur que sans pitié, noir Cauchemar, tu froisses.

Mais leur fuite est aussi rapide que, le soir,
Un vol silencieux de quelque souris chauve :
Leur vision ne fait que traverser l'alcôve
Où, sur mon lit, le rêve affreux me fait asseoir ;

Et le regret cuisant de ces Beautés macabres
Fait perler des sueurs sur mes membres nerveux,
Avides de meurtrir ces corps blancs, que tu veux,
O mon fougueux Désir, qui hennis et te cabres !

Ma jouissance, ainsi, dure jusqu'aux matins;
Puis dès que l'aube vient, lorsque le réveil brise
Ce cercle, dont le centre est mon Ame, la brise
Souffle, et dissipe au loin en vapeurs ces lutins.

Octobre 1882.

EAU-FORTE

Au poète Emile Michelet.

Caverne fantastique, où, contre les parois
Vient, hibou des minuits se heurter le Rêve ! Antre
Où, hurlant vers le ciel une maigre louve entre,
Image de la peur fuyante et des effrois ;

8.

Où sur le sol, serpents aux enlacements froids,
Se traînent des désirs dégoûtants à plat ventre,
Tandis qu'un crapaud noir et gluant se sauve entre
Les pierres, lourd remords, qui craint les rayons droits

D'une lune, derrière un nuage apparue
Soudainement, lumière au loin sans cesse accrue,
Clarté du cher Amour qui brille de nouveau ;

Effroyablement, lorsqu'arrive la nuit sombre
Tel se creuse, rempli de monstres, mon cerveau :
Oh ! mais quand donc, viendra l'heure obscure où tout sombre.

Août 1884.

LA LAME

Au poète Alexander Tausserat.

I

Dans la forge obscure, où le fond s'allume,
Le bon forgeron, de son lourd marteau,
A grands tours de bras frappe sur l'enclume,
Forgeant dans le fer un large couteau ;

Un autre ouvrier lui donne la trempe,
Le damasquineur fixe sur l'acier
L'arabesque d'or au feu de sa lampe,
Et fait du poignard un bijou princier;

Maintenant la lame est pointue et fine :
Elle troue et taille, en laissant toujours
Une place affreuse et qui se devine
A des pleurs de sang sous l'épais velours.

Malheur à celui qui lui sert de gaine,
Car l'estoc est teint dans une liqueur
Qui donne une mort lente, mais certaine,
Même quand le coup ne va pas au cœur.

II

Lorsque mon Désir perce sa victime,
Elle sent entrer le froid du cercueil
Dans la profondeur de son être intime,
Car le fer est teint d'un poison : l'Orgueil.

L'Impudicité le trempe et l'aiguise
Comme le ferait l'ouvrier zélé ;
La Débauche enfin prodigue à sa guise
L'arabesque fine et l'or ciselé ;

Et c'est sur mon cœur que Satan martèle
Avec ses marteaux sans trêves brandis,
Qu'il a façonné la lame mortelle,
Le bon forgeron des aciers maudits.

Septembre 1884.

ÉTERNELS SOUVENIRS

> Un vertige épars sous tes voiles
> Tenta mon front vers tes bras nus.
>
> A. de Villiers de L'Isle-Adam.

J'ai, sur le divan large et moelleux, hier soir,
Alors que tu vins blanche et câline t'asseoir
Auprès de moi, moulée en ton corset de soie,
Eu la voluptueuse et criminelle joie

Dans l'ombre aromatique où nos mains s'égaraient
Avec l'émotion de novices, qu'effraient
Délicieusement les moindres bruits, d'étreindre,
Pendant l'instant trop court de folie où, sans feindre,
Tu t'es laissée aller aux spasmes énervants,
— Sous l'étoffe froissée et les grands plis mouvants,
Que mes doigts écartaient des splendides dentelles, —
Ton corps, ton corps charmant aux formes immortelles
Que sous moi, je sentais palpiter et frémir.

Nous avons dû, dans cet embrassement, blémir.

Puis lorsque la raison froide nous fut venue,
Sans la pudeur dernière, ou la honte ingénue,
Sans l'étonnement même, ou le courroux charmant,
Souriante, tu m'as parlé cyniquement :
Tu remettais un peu d'ordre dans ta toilette ;
Il s'échappait un doux parfum de violette
Des seins, sous la chemise au corsage entr'ouvert ;
Et, mettant à mon cou tes bras, tu m'as offert,
Une pleine nuitée, où — ce sont tes paroles,
« Rien n'empêcherait plus les poses les plus folles,
« Les oublis les plus longs, les spasmes les plus lents,
« Et partout des baisers sur nos corps ondulants ;
« Et nous aurions ainsi des étreintes meilleures
« Étant nus, et pouvant compter sur quelques heures.

Mais, voulant dans mon cœur, garder ineffacés,
Toujours, les souvenirs des courts instants passés,
J'ai préféré, chérie, à ton amour charnelle
La séparation maintenant éternelle !

Janvier 1883.

AMOUR FACTICE

Au poëte Georges d'Esparbès.

Je veux des rideaux à chaque fenêtre,
Faits de satin sombre et de noir velours,
Et se déroulant en larges plis lourds,
— Moi seul ne devant jamais la connaitre ;

Des tapis épais pour ses pieds petits,
Afin qu'elle glisse humble comme une ombre;
Et dans des flacons des parfums sans nombre
Dont s'exalteront mes sens ralentis.

Sans la voir, j'aurai sa vision blême,
Sans l'entendre, — son souffle musical :
L'air sera rempli de son rhythme égal,
Et je pourrai croire, enfin, que je l'aime !

Car, j'aurai le charme exquis d'être seul
— Sans que le dégoût d'être deux paraisse —
Dans son cher silence et dans sa caresse,
Tombe, où ses cheveux seront mon linceul.

Mars 1855.

L'ÉGLISE

A Mlle Marguerite Boissonnade

Grands bois, vous m'effrayez comme des cathédrales !

CHARLES BAUDELAIRE.

Oh ! marcher sur un sol dallé de mousses vertes,
Voir, là haut, soutenus par les piliers des troncs,
Des arceaux ajourés en trèfles, en fleurons,
Rosaces qu'un sculpteur a sur les cieux ouvertes.

9.

Et suivre des couloirs, où se forment des nefs,
Des absides, des chœurs, des retraits, des chapelles
Où se creusent parfois des niches, comme celles
Des caveaux où l'on voit d'étranges bas reliefs ;

Et puis, ne pas sentir sur soi peser des voûtes,
Et ne pas éprouver comme l'écrasement
Des pierres ! S'envoler voluptueusement
Jusqu'aux branches du faîte, et les dépasser toutes !

Se bercer lentement aux vagues des parfums,
Monter les escaliers des gammes musicales,
Se suspendre aux clartés qui tombent verticales
Comme des chaînes d'or du haut des arceaux bruns.

Car la forêt, — ayant pour lampes les étoiles,
Pour orgues, les grands pins où geint le vent des soirs,
Et, pleines de senteurs, les fleurs pour encensoirs,
— Infuse lentement le repos dans mes moëlles.

Aussi, lorsque mon cœur sera tout ulcéré
Par le doute, rongeuse et lente pourriture,
Décomposant mon âme et courbant ma stature,
La forêt sera la seule église où j'irai. —

Mai 1883.

LE CERCUEIL

A. Robert Bernier.

Sur l'immensité, calme au loin, de mon orgueil,
Mon poème, bizarre et flottant tabernacle
Qui contient mon amour mort, vogue sans obstacle,
Car du gouffre sans fond n'émerge aucun écueil.

Le large océan, dont la rive craint l'accueil,
Déroule à mes regards un semblable spectacle,
Lorsque, abime sans fin et dernier réceptacle,
Il porte, inviolé, vers le large, un cercueil :

Rien n'arrête en passant le fragile ossuaire
Où repose, vêtu des lambeaux du suaire
Un cadavre, infectant l'air de sa puanteur.

Tel, mon amour pourri suinte une odeur bizarre
Qui de l'abime obscur s'élève avec lenteur,
Tandis qu'en mon esprit ce poème s'égare.

Août 1884.

Aubes

NEIGE ÉTERNELLE

Avec leur vol puissant qui fait frissonner l'air,
Aux rochers de tes seins, mes baisers sont des Aigles ;
Ton corps, dont les duvets blonds paraissent des seigles,
Est le pays qu'au loin découvre leur œil clair.

10

Comme sur une proie où les conduit leur flair,
Ils fondent sur ta lèvre ou sur tes yeux espiègles
Pour revenir, n'ayant que leurs désirs pour règles,
Vers tes seins qu'illumine un immobile éclair ;

Et qui, sur ta poitrine, où leur splendeur s'élève,
Comme au pur horizon qui s'allume en un rêve,
Paraissent être dans leur neigeuse clarté

Des pics jumeaux, sortant de l'ombre où tout repose,
Couverts de glace et blancs depuis l'Eternité,
Dont le soleil levant teint les sommets en rose.

Mai 1884.

DEUX NOVEMBRE

C'est l'aube : un ciel d'automne, un ciel pâle, égayé
D'un soleil clair, ainsi que des notes aiguës ;
Viens, nous suivrons le grand boulevard balayé,
Où quelques arbres font des ombres exiguës.

Car c'est l'automne et c'est le matin : mon Amour.
Aux arbres tristes il ne reste plus de feuilles,
Comme il ne reste plus à mon cœur, en ce jour,
De souvenirs jaunis, afin que tu les cueilles.

Les lambeaux du brouillard semblent des linges blancs
Qui restent accrochés aux angles des toitures.
Nous allons, n'est-ce pas, marcher ensemble, lents ;
Ma tristesse aurait peur du cahot des voitures.

Et cependant Paris, pour orner ses pâleurs
De femme que l'automne a rendue anémique,
Paris a retrouvé des fleurs ! beaucoup de fleurs !
— Autour de nous s'épand un arôme rhythmique ;

Et dans les airs, joyeux de le porter au loin,
Les cloches versent de longues gammes sonores.
Nous ne trouverons pas, aujourd'hui, quelque coin
Silencieux pour nous ! Est-ce que tu l'ignores,

O ma chère enfant ! mon Désespoir ! mon Remords,
Toi, qui pour devenir femme n'étais pas faite,
Que c'est un jour de fête aujourd'hui, jour des morts ?
Un jour de fête, — un jour de fête, — un jour de fête !

2 novembre 1884.

SONNET VIRGINAL

O blonde, ô blanche, ô frêle, ô pure, ô chaste, donne
Ta lèvre rose, et ton front d'opale, et tes yeux
D'azur limpide, à mes baisers silencieux,
Endormeurs comme des parfums de belladone ;

A mon étreinte molle et berceuse abandonne
Ton corps ivoirin ; laisse, attoucheurs vicieux,
Mes doigts descendre vers tes hanches et, pieux,
Caresser tes petits pieds pâles de madone.

Nous nous alanguirons dans une volupté
Bizarre, et toutefois pleine de chasteté,
Sans emportement, sans spasme, sans violence,

Et qui saura garder intacte, ô mon Amour,
Dans ton alcôve où nous pâmerons en silence,
Le signe aimé de ta virginité d'un jour.

Mars 1884.

QUATRAINS

Qu'importe au Poète amant de ta chair
Que d'autres — combien ? Tous ! — t'aient possédée ?
Que tu vendes ton vil amour peu cher,
Que même parfois tu te sois cédée !

Vierge, serait-il, ton ventre, plus beau ?
Meilleure ton âme, en étant plus chaste ?
Va ! le tombeau vide est encor tombeau !
Sans clarté, la nuit est tout aussi vaste !

Ton sexe profond sera mon cercueil :
Mon être ira tout au cœur de ton être ;
Ainsi, dans ton Ame, Enfer où l'orgueil
Règne, mort heureux je pourrai renaître.

Quand j'habiterai seul ces lieux déserts,
Ame qui vivra dans une âme morte,
S'il te revient — quand ? Parfois ! — de vieux airs,
Songe que je chante en toi de la sorte.

Juin 1884.

MATINÉE HIVERNALE

Maintenant que l'hiver glace les boulevards
Qu'on ne voit plus les vols des passereaux bavards,
Tournoyer dans le clair soleil, et que la brume
Fait un rideau confus aux fenêtres, — consume

Pour réchauffer un peu, chère, mon cœur glacé,
Ce qu'il te reste encor de ton amour lassé ;
Nous devenons de vieux amants : déjà, nous sommes
Oublieux des désirs que suscitent les sommes,
Et les baisers de ta lèvre en pourpre satin,
Rallume rarement ma ferveur : ce matin,
Mourants de la langueur d'une nuit de décembre,
Et du sommeil au bras l'un de l'autre, en la chambre,
Pleine de la moiteur du lit qu'on laisse ouvert,
Et de l'éclairement indécis d'un jour vert,
Nous regardons valser dans notre cheminée
Sur les braises, bleuâtre, une flamme obstinée ;
Nous demeurons, pendant des heures, près du feu
Dans le même fauteuil étroit, serrés un peu,
— O le fauteuil, complice autrefois du mystère,
D'où nous glissions, groupe enlacé, jusqu'à terre ! —

Et c'est pour tous les deux, un vague amusement
Que d'écouter souffler le vent, frileusement.

Décembre 1884.

AUBE

A Marcel Capy.

Lourd d'une tristesse royale,
Mon front songe aux soleils enfuis...
A. de Villiers de l'Isle-Adam.

A travers le silence et la froideur des nuits
J'ai marché, dans l'espoir de calmer mes ennuis,
Sur l'asphalte glacé, jusqu'à cette heure morne
Où la lueur du jour pâle, au là-bas, sans borne,

Au-dessus de la ligne inégale des toits
S'élève.

Et, tout à coup, j'ai vu comme les doigts
D'une main colossale ouverte sur la ville
Dont chaque monument sur le ciel se profile,
Les clairs rayons du grand soleil jaune surgir,
Hésiter, puis, dans l'air qui blanchit, s'élargir
Enfin dans la lumière unique se confondre,
Tandis qu'à l'occident, là-bas, la nuit, s'effondre.

Mais le soleil intime et radieux, l'espoir,
Dans mon âme, nuit sombre, autre firmament noir,
En même temps ne s'est pas levé : dans les rues,

Des silhouettes de passants sont apparues
Brusques, et remplissant mon cœur d'un vague émoi ;
Alors je suis rentré frileusement chez moi,
Pris du frisson fiévreux des fraîches matinées.

Et son rire a vaincu mes craintes obstinées.

LES PAROLES D'UNE FEMME

A Paul Roux.

> ... Une de ces beautés qui dominent et oppriment le souvenir, unissant à son charme profond et originel toute l'éloquence de la toilette, maîtresse de sa démarche, consciente et reine d'elle-même...
>
> CHARLES BAUDELAIRE.

Vois ! Je suis la beauté consciente et sereine,
Grand vaisseau, qui, voguant sur l'océan houleux,
Laisse, après son passage au milieu des flots bleus,
Un sillage semblable aux replis de ma traîne.

Ma chevelure ondule et plane, souveraine,
Pareille à des drapeaux tressaillants et frileux;
Et l'amour sur mes seins rigides, flot moëlleux,
Se brise, comme des vagues sur la carène.

Et, tandis que devant les hommes éblouis
Je fuis, comme une voile, au fond des cieux bleuis,
Leurs adorations m'accompagnent, muettes,

Semblables, dans leur calme et dans leur chasteté,
Aux vols silencieux des neigeuses mouettes
Qui suivent un navire avec docilité.

Mai 1884.

AVRIL TIÈDE

Quand le printemps sera revenu, nous irons
Ensemble, lentement, en rapprochant nos fronts,
Dans les chemins ombreux et les vertes allées,
Par les pâles brouillards du matin mi-voilées;

Sur nous, se répandront les diffuses senteurs
Retombant des lilas fleuris sur les hauteurs;
Sous nos pas, les muguets ouvriront leurs corolles,
Frêles cloches d'argent dont les claires paroles
Seraient dans l'air léger des arômes subtils;
Et l'églantine rose, aux délicats pistils,
Aussi nous versera l'exhalaison ténue
Dans sa fragile coupe à peine contenue.
La violette, avec ses suaves odeurs,
Remplira l'air des bois d'énervantes lourdeurs,
Et chaque fleur mettra sa note dans la gamme
Des parfums pénétrants que la brise amalgame,
Et lentement, parmi ces émanations
Planant sous le feuillage, en des stagnations
Immobiles, parfums de nos Ames unies,
Nos Rêves flotteront, comme deux harmonies.

Avril 1864.

SARCOPHAGE

Pur comme un marbre blanc du neigeux Pentélique,
Moëlleux comme une couche étroite de satin,
Pour reposer mon corps, j'ai, poëte hautain,
Un sarcophage cher ainsi qu'une relique.

Son seul contact m'inspire un désir tantalique
Dont l'assouvissement sans cesse plus lointain,
Maintenant, me poursuit du soir jusqu'au matin,
Pendant ces nuits d'hiver tiède et mélancolique.

Tombe vivante ! qui m'absorbe chaque jour;
Qui, pour rendre la Mort plus douce que l'Amour
A de voluptueux frôlements de mains blanches !

Je m'annihile en toi tout entier, Être cher,
Trop semblable au cercueil fait de pierre ou de planches,
A l'ignoble cercueil qui dévore la chair.

Février 1884.

LA COUPE

Tes lèvres sont les bords de corail d'une coupe
Dont ta bouche est le fond adorable et vermeil,
Et qu'ornent, tout autour, chercheuses de soleil,
Les perles de tes dents que ton sourire groupe.

Je traîne mon amour de tes seins à ta croupe,
Mais je reviens toujours à ta bouche, pareil
A quelqu'ensorcelé, car j'y bois le sommeil
Plein de rêves lascifs qui voltigent en troupe;

Car j'y bois, de ma lèvre altérée, à longs traits,
Dardant ma langue au fond des creux les plus secrets,
Jusqu'à ce que j'épuise, intrépide convive,

Ces opiums plus forts que les sucs des pavots,
Tes baisers, tes baisers mêlés à ta salive,
Qui me donnent la sève et les désirs nouveaux.

Août 1884.

A UNE JEUNE FILLE

O vierge ! frêle vierge, impudique mais chaste,
Innocemment tes yeux sont hardis, et tes mains
Lascives ! Ignorante encor des lendemains,
Tu laisses éclater ton rire enthousiaste.

Va ! tu sauras trop tôt la science néfaste
Riche de voluptés et de maux surhumains :
Garde longtemps ta mine et tes gestes gamins,
Qui font, avec ton corps de femme, un doux contraste.

Sous mes baisers, ton âme enfantine — ô mon cher
Amour ! — demeure froide et calme, si ta chair
Tressaille déjà quoique inconsciente et ferme ;

Et le pressentiment de ton être futur
S'épanouit au creux de ta gorge qui germe,
Avant d'éclore au fond de ton esprit si pur !

Juillet 1884.

L'ENNUI DU TEMPS

A Mlle Juliette Darzens.

Le monotone ennui de vivre est en chemin !
Léon Dierx.

I

Pareil au sentiment d'un impossible amour,
J'emporte dans la Nuit avec l'effroi du Jour
Le douloureux désir de le sentir renaître,
Comme, avec l'âpre espoir de l'Aube, tout mon être

12.

A le regret du calme auguste des Minuits.
— Ainsi, — toujours lassé, je puise mes ennuis
Alternativement dans la peur des Ténèbres
Qui viennent me couvrir de leurs voiles funèbres,
Et dans l'insurmontable horreur qui me poursuit,
— Dès que le faible et pâle éclairement, qui luit
A l'horizon, présage au monde la Lumière, —
Du Jour qui brille encor comme à l'Aube première.

Que cherche donc mon âme obscure, quel désir
Peut, dans son impuissance avide de saisir,
La pousser à nier le bienfait de tes calmes
Fraîcheurs, NUIT, quand tu viens comme l'ombre des palmes
Caresser la pâleur de mon front? O SOLEIL
Tes rayons, frôlements légers de ton orteil,

Glissant sur le sommet des collines à peine,
Quand tu sors du lointain océan, quelle haine
Mystérieuse en moi me contraint à les fuir ?
— Vainement, je verrais le Jour s'évanouir
Et l'Ombre s'élever comme un décor rapide
A l'heure, à l'instant même, où mon vouloir cupide
Aurait cru seulement désirer le sommeil,
Et vainement aussi, à l'horizon vermeil,
Dès l'anxieux espoir des aurores prochaines,
Surgiraient les clartés amoureuses des chênes,
Puisqu'en s'accomplissant, ce double espoir secret
Qui me hante, par là même anéantirait,
Pour mon esprit qui voit dans les choses futures
L'unique récompense aux présentes tortures,
L'âpre nécessité de le réaliser.

II

Mais pourquoi ce besoin fiévreux d'analyser
Toutes les passions qui gangrènent mon âme.
Comme le souffle active et fait grandir la flamme,
J'augmente encore en moi CE MAL DE N'ÊTRE PAS.

N'être pas, — tel est-il le but où pas à pas
Définitivement me conduit la Pensée ?
Ma patience enfin serait récompensée ?

Peut-être.

Car je sens s'élever vaguement
Dans le sombre inconnu quelque chose qui ment.

La mort, c'est le tourment éternel, dit le Prêtre
Ou l'éternel bonheur — qui me répond : Peut-être ! —

Car, si la Mort n'était pas l'immense Néant,
Abime où plane seul le silence géant,
Si c'était autre part encor la même chose,
Si cette Mort n'était qu'une métamorphose?
La Joie et la Douleur, mais c'est la vie encor!
— Mourir, ne serait donc que changer de décor,
Avoir le ciel au lieu de ce sol pour théâtre,
Et rejouer là-bas la vie opiniâtre!
Alors, la Peur revient, aussi, de ce tourment:
Les ombres, alternant inévitablement
Suivant l'ordre prescrit par la loi coutumière,
Avec l'expansion prompte de la lumière!
Et ce froid sentiment de l'irréalisé
Demeure en nous, toujours, comme immortalisé
Le vestige dernier des passions charnelles
Jusqu'à l'achèvement des heures éternelles!

III

Perdre la notion de la Joie et du Mal
Et revenir aux sens de l'antique animal
Né le lendemain de la naissance du monde ;
Être cette existence informe, presqu'immonde,

Inconsciente encor d'elle-même, être enfin,
Avec l'Instinct qui fait chercher, la Soif, la Faim,
Le Rut primordial, père de tous les êtres,
Des Fauves et de ceux qui furent nos ancêtres,
Plus fauves que n'étaient les fauves, les premiers
Destructeurs des forêts de pins ou de palmiers,
Que le jeune soleil de sa gloire décore
Au commencement des siècles futurs encore.

IV

Alors, pour la première fois extasié,
L'œil regardait venir, jamais rassasié,
Le Jour par delà les collines sur les landes
Et ses clartés surgir dans l'air toujours plus grandes ;

Pour la première fois, alors, des corps lassés
Sentaient, submergeant les hauts sapins élancés
Comme une mer de calme immense et solennelle,
Monter la nuit : heureux de reposer en elle
L'incessante fatigue acquise dans le jour,
Ils accueillaient pourtant, au matin, le retour
Du soleil — flambeau qui dans la brume rougeoie —
Avec une prière humble et des cris de joie ;
Car ils avaient l'espoir, du moins, qu'à l'avenir
Leurs yeux verraient le temps vieilli se rajeunir
Dans la naissance enfin d'une Ère encor nouvelle
D'heures, par qui le sombre Inconnu se révèle.

Mais nous, leurs descendants, nous sommes fatigués
De tous les soirs, de tous les matins gris ou gais,

Les mêmes depuis lors recommencés sans cesse,
Et nous avons en nous l'ineffable tristesse
Qui s'augmente depuis les ans accumulés,
Du premier désespoir aux siècles reculés,
De voir qu'au jour la nuit succède, et qu'après elle
Le jour revient, mortel aux ombres qu'il cisèle.

Octobre 1884.

IN EXCELSIS POETA

Au poète Emile Michelet.

Dans la volonté d'être ainsi que ces images
En granit, qui debout, avec sérénité
Contemplent la fin brève, et l'humble inanité
Des siècles qui leur font d'inutiles dommages,

Hautainement, mais sans mépris, Poëtes Mages,
Qui savons ce que vaut l'or de la vanité,
Regardons cette lâche et vile humanité
Qui dépose à nos pieds sa haine et ses hommages;

Qu'elle n'obtienne pas même notre dédain;
Ainsi, nous élevant de gradin en gradin,
Sans faillir jusqu'au faîte où brille la Science,

Insensibilisés dans le suprême orgueil
D'avoir souffert avec une âpre patience,
Vivants, nous connaîtrons la gloire du cercueil.

Septembre 1884.

Table

TABLE

Dédicace 5

Crépuscules

Distiques 9
Les Bayadères 13
L'Icône 15
Impuissance 19
Le Sommeil des choses 23

Automne triste 25
Le Verre 27
Le Monstre 31
Oraison. 35
Métal sonore 39
Ancien Amour 41
Terza Rima 43
Mélancolie du soir 45
Mnhmeion 49
Océans harmoniques 51
Litanie crépusculaire. 55
L'Incomparable 59
Navigation future 61

Minuits

Ressouvenirs 67

La Descente 69
Musique. 73
Le Palais 75
Vieilles Voluptés 83
Visions nocturnes 85
Eau-forte. 89
La Lame 91
Eternels Souvenirs 95
Amour Factice 99
L'Eglise. 101
Le Cercueil 105

Aubes

Neige éternelle. 109
Deux novembre 111

SONNET VIRGINAL 115
QUATRAINS 117
MATINÉE HIVERNALE 119
AUBE 123
LES PAROLES D'UNE FEMME 127
AVRIL TIÈDE 129
SARCOPHAGE 131
LA COUPE 133
A UNE JEUNE FILLE 135
L'ENNUI DU TEMPS 137
IN EXCELSIS POETA 149

Imp. A. Derenne, Mayenne. — Paris, boulevard Saint-Michel, 52.

Imprimerie A. DERENNE, 52, boulev. Saint-Michel, Paris,
C. LEBAS, successeur.

www.ingramcontent.com/pod-product-compliance
Lightning Source LLC
LaVergne TN
LVHW020315230826
846091LV00003B/674